Extrait du "CAP DES ANGOISSES"
(UN VOLUME INÉDIT)

UN DÉPORTÉ

PAR

Adolphe GÉRARD

AMNISTIÉ

Auteur de l'APOSTOLAT MODERNE

SOMMAIRE :

I — La Déportation : Rade de Brest : *Où donc s'arrêtera le cataclysme ?*

II — Deux Océans : *Terrible celui des hommes ; clément celui des flots.*

III — Navigation sur le transport mixte l'Orne : *Chiffre officiel du 16 avril 1873, après trois mois de mer, 413 malades.*

IV — A nos chers Constituants : *Décid. ment tout progresse à reculons sous « l'ordre moral ».*

V — Folie et mort d'un Déporté : *O France, au moins celui-là ne subira point de torture calédonienne.*

VI — La Calédonie en perspective : *D'après les Versaillais, c'est un Eden : il est doux d'y mourir !*

Première Edition — Prix : **1** Franc
(*Droits réservés*)

CETTE ÉDITION DE LUXE EST EN VENTE CHEZ L'AUTEUR

76, Boulevard Saint-Michel (Ecrire *franco*)

N.-B. — Il ne reste que peu d'exemplaires en disponibilité

PARIS 1880

LES FOUDRES RÉVOLUTIONNAIRES

(PREMIER VOLUME)*

JOURS D'EXIL : *Les Dédicaces.*

~~~~~~~~~~~~~~~~~~~~~~

* SOMMAIRE DES ARTICLES DE L'ANNÉE RÉPUBLICAINE LXXXIII

(INÉDIT)

Pour paraître successivement :

I — **Horoscope de la France.** A nos Seigneurs les Députés. (Sous presse).

II — **Vouloir c'est pouvoir.** A mes Amis du mouvement intellectuel. (Sous presse).

III — **Opinion d'un réfugié Chinois.** Aux Citoyens Tsaï et Deluc.

IV — **Les Tréteaux monarchiques de l'Elysée.** A nos Révolutionnaires de la Grande Epoque.

V — **Paysage de Mai.** A Courbet.

VI — **La Revue Infernale.** Au Citoyen Raspail.

VII — **L'Apostolat Moderne.** (*En vente*) A la mémoire de mon Ami Marétheux.

VIII — **Un Cri d'indignation.** A sir S. Plimsoll, membre au Parlement pour le Derbyshire.

IX — **La Quarantaine.** A mon Ami Numa Estieu.

X — **Saturnales monarchiques.** Au Citoyen Alphonse Esquiros.

XI — **L'Agonie.** A mon Ami Gabriel B***

XII — **Funérailles de l'Assemblée de combat.** Aux Déportés.

~~~~~~~~~~~~~~~~~~~~~~

UN DÉPORTÉ

PAR

ADOLPHE GÉRARD

AMNISTIÉ

Auteur de l'APOSTOLAT MODERNE

Presqu'île Ducos, 5 février 1874

.... La persécution nous place dans une région sereine où ces éclaboussures (les leçons du 18 mars) ne sauraient nous atteindre ; la souffrance efface nos véritables fautes, qui furent celles d'un parti jeune et loyal ; le sang de nos trente mille fusillés a lavé d'avance celui des ôtages, que la Commune n'a jamais voulu verser, et la proscription qui fut si longtemps, comme le service militaire, l'apanage des classes privilégiées, apporte au peuple sa robe virile...

...Nous aurions cent fois tort, que les crimes de nos bourreaux suffiraient à nous absoudre, et nous avons mille fois raison !

(Lettre de P*** G*** à B***)

Première Edition. — Prix : **1** Franc

(droits réservés)

PARIS

IMPRIMERIE A. PINAUD, 18, RUE Sᵗ-SAUVEUR

1880

NOTES D'UN DÉPORTÉ

(ᵃ) Si jamais la Licorne...

Il faut distinguer entre l'animal fabuleux de ce nom, dont parlent les anciens, et la *Licorne de mer* ou *Narval*, sorte de cétacé qui porte une dent en forme de corne, mesurant jusqu'à cinq mètres.

(ᵇ) On vit Quatre cent treize...

Chiffre officiel des malades à la date du 13 avril, après trois mois de navigation. Au départ de l'*Orne*, lequel avait eu lieu le 15 janvier 1873, il y avait à bord 540 condamnés, y compris 24 femmes et plusieurs enfants.

(ᶜ) Dotez-nous d'un « jardin »...

(Textuel). Déclaration faite à la tribune par le Ministre de la Marine, d'après laquelle ses matelots devaient envier le sort des condamnés.

(ᵈ) Un enfant assassiné par eux...

Le 4 mars, on constata la mort d'une petite fille de cinq ans ; le 8 avril, celle de Louis Romain ; le 16, c'est le tour d'un jeune homme de vingt-deux ans, nommé Burgand ; et ainsi de suite. Les morts et les cas de folies se multiplient : nous citerons particulièrement la folie de Gosserey qu'on avait d'abord sauvé de la pendaison, c'est l'un des cas les plus affligeants, et aussi celle de Baptizé (12 avril).

(ᵉ) Deux Mamelles...

Nom donné à deux montagnes de la Sénégambie, près du Cap Vert.

(ᶠ) Puisque vous affirmez qu'il n'en existe aucune...

Le même ministre dont il est fait mention note c, affirmait contrairement à la vérité, malgré les nombreuses preuves constatées depuis par la presse, qu'il n'y avait eu aucun des faits de torture qui sont la honte de l'humanité.

I

LA DÉPORTATION

RADE DE BREST : — OU DONC S'ARRÊTERA LE CATACLYSME ?

L'Océan vu l'hiver de la terre de Brest
    Donne à celui qui le contemple
Un aspect morne et froid, lourd, comme les vents d'ouest,
    Et plus assombri qu'un vieux temple.

On dirait qu'un sépulcre à tous les horizons
    Exhale une douleur latente,
Fatale ; on croirait être en la nuit des prisons
    Dès que notre âme est militante.

Horrible égorgement... Voici pleins les wagons
    Des ligotés, poitrines nues,
Tassés comme un bétail pour gorger les pontons,
    Pour l'engrais des plages ardues ;

A peine sortent-ils des convois assassins,
    Des mains sanglantes des hauts grades,
Qu'ils sont livrés au knout des plus vils argousins :
    Pourriture et scorbut des rades.

Mortels ! qui peut se croire assez divinisé
    Pour échapper à la tourmente,
Au temps qui nous emporte, alors qu'étant brisé
    Tel peuple expire ou se lamente ?

Celui-là qu’on le nomme ! Est-il un citoyen ?
    Un fils de la cité moderne ?
Non ! n’est-ce-pas ? Ce dieu, ce monstre, ce païen,
    N’est qu’un jésuite, un esprit terne,

Un misérable esclave au pouvoir, un bourreau.
    Ah ! quand par lui souffre le monde
Dans les plus tristes lieux, fût-il duc, hobereau,
    Fût-il un roi, quel être immonde !

Il lui faut dans les fers céux qu’il ne comprend pas :
    Il tenaille encor dans l’abîme...
Et voilà l’oppresseur, le geôlier, le judas :
    Ce maudit procède du crime.

Perspective effroyable, ô déportation !
    Des milliers d’humains comme en gerbe,
Navrés, défigurés, morts d’inanition !
    Et le Maître du bord, superbe...

Parmi les bâtiments du mouillage, voyez :
    Côtres, avisos et frégates,
Si vous aimez la mer et si vous louvoyez
    Près des infernales régates;

Les pontons de l’enfer, les forts, le vieux château
    Suant la mort et la ruine,
S’ouvrent par intervalle... Ah ! pauvre Maroteau,
    Comme ils t’ont couvert de bruine !

Rocques, toi que ma voix réclame à des bandits,
    Arnold, toi, si jeune... et si grave,
Brissac, Humbert, Trinquet, que vous voilà grandis !
    Comme votre attitude est brave !

Jamais plus de misère a-t-elle revêtu
    Plus de dévouement ! Jamais l’être,
Hélas ! a-t-il senti sa force et sa vertu
    Sous plus de mépris disparaître !

L'arme de la vengeance atteint les prisonniers ;
    Ils souffrent mille barbaries
En des bas-fonds fangeux, dans les fosses... charniers
    Où règne la voix des tueries.

C'est Boyard ! C'est Quélern ! C'est l'homme conspué.—
    La civilisation passe
Chassant des flots humains vers l'abîme, obstrué
    D'un stoïque enfant qui trépasse.

C'est l'homme à cheveux blancs que la foudre épargna,
    En vain Gallifet le réclame ;
C'est l'électeur gênant, celui qui s'indigna
    D'un traître lui déchirant l'âme.

O criminel mensonge... Ils voudraient vous nier
    Trente-huit heures de cellule
Où le sang se calcine ! Angoisse ! où l'aumônier
    Vend, trahit son Dieu, sans scrupule.

N'ont-ils pas des murs sourds, bien traîtres, bien cruels,
    De plus, le Pouvoir... la Tribune...
Et le prêtre pervers ! Mais, temps éventuels,
    Tout n'est pas dit sur la Commune :

La voix du sang foudroie. Ah ! cela fait crier
    En raison de leur imposture.
Qu'est-ce ?... Une si grand'peur de nous rapatrier ?
    — Misère et mort, c'est la torture !

Donc, voilà les vaisseaux retentissant de bruit
    Prêts à sillonner l'étendue ;
Ils vont porter le deuil aux astres de la nuit.
    Cercle d'enfer, hors de ma vue !

DEUX OCÉANS

TERRIBLE CELUI DES HOMMES; CLÉMENT CELUI DES FLOTS

Que dit-on...? « Le Progrès, l'Ordre, l'Humanité,
Veulent l'apaisement de la Communauté ;
Si grand fut le massacre... Oh! la rage guérie,
On ne peut pas tuer son frère et sa patrie,
Le vainqueur n'a plus soif de carnage et de sang ;
Les pontons sont trop pleins ; le cachot, gémissant,
Ne peut plus contenir de nouvelles victimes,
Et la croix et la roue ont disparu des crimes.

« Le prêtre abominable et ses réchauds de feu,
Ses coins de fer, son fiel, sa haine et son bon Dieu,
Sont d'horribles défis... Qui donc dans la nature
Pourrait, ainsi qu'un monstre, aviver la torture ? »

Paroles d'insensés, péril, selon les uns ;
Esprit de paix, d'oubli, grand sens, cris opportuns,
D'après un groupe immense.
               — Et nous, sur cette voie
Tout à coup transportés, renaissant à la joie,
Comme alors — *Jours ingrats de nos vœux détrônés !* —
Nos yeux fouillaient, sondaient les horizons bornés...
Et les murs des cachots, des forts, des citadelles,
S'écroulaient ; et les airs franchis à tire d'ailes,
Et les flancs des vaisseaux et les flots courroucés,
Disaient, comme eût parlé la voix des trépassés :

« D'aussi nombreux vaincus dans les fers, chose vile !
Sont-ils donc des maudits ? D'une très-grande ville,
C'est comme un peuple entier de courageux enfants.
Le grand nombre immolé, celui que je défends,
Le pays s'animant de raison, de lumière,
Ne peut être coupable, ô vérité première !
Certes, nous allons voir l'ouragan s'apaiser ;
Plus humain, plus moral, l'essor s'organiser
Dans la paix fraternelle.
              « Or ça, de cette brume,
De ces roches rendant les flots clairs en écume,
De ces caveaux infects brisant l'homme au cœur sain,
De cette nuit profonde et d'un bouge assassin,
Sortez les prisonniers ! N'êtes-vous pas des hommes...
Ah ! nous serions hideux, voyant bien que nous sommes
Des instruments de force et de perdition,
D'armer en cruauté plus de réaction.
O France ! O Paris libre ! aussi près de la chute
Puisqu'ils se dévouaient, sortez, hommes de lutte ! »

Echos perdus ; échos de la marche du temps...

Les pontons rendaient bien les morts des combattants,
Les sanglots recueillis par les fortes marées,
Mais regorgeaient toujours ! Les carènes parées
Pour la Calédonie au pouvoir du requin,
Tronquaient tes beaux rayons, soleil Républicain.

Le jour vrai n'était plus. Une puissance occulte
Déformait l'être humain par l'outrage et l'insulte,
Par un meurtre effroyable où passa de longs mois.

Aussi, que tu mugis, vaste océan de voix !
Comme on entend siffler d'horribles Erynies,
Combien d'ordres sanglants... Quelles ignominies
Frappent l'Humanité depuis Metz et Sedan...

Et sur mer tout se tait : Clameurs ! Flots ! Ouragan !

III

NAVIGATION SUR L'ORNE

CHIFFRE OFFICIEL DU 16 AVRIL 1873, APRÈS 3 MOIS DE MER,

413 MALADES

Le froid contemplateur de la nature morte
Demeurait confondu. Près de lui, quand, plus forte,
    La brise soufflait de l'ouest,
Une âme vierge et chaude, accessible à la peine
Et saignant dans sa chair, portait sa lourde chaîne
    Au vaisseau manquant de lest.

Oui, nous sommes en mer le cap sur les tempêtes.
Les flots tumultueux au trouble de nos têtes
    S'ajoutent lugubrement ;
Nous marchons sous vapeur, parfois, à pleines voiles,
Par ordre et par caprice. Et des chastes étoiles
    On nous prive obstinément.

DE VIGNANCOURT commande en souverain sur l'*Orne*.
Ah ! brave marin, va ! si jamais la LICORNE (")
    Nous vient visiter sur mer,
Si jamais l'ouragan nous brisant sur la côte
Me fait te repêcher, si tu deviens mon hôte,
    Je te voue à ton enfer ;

Je traînerai ta vie à travers les ténèbres :
Tu vivras d'eau fétide et de repas funèbres
    Comme par toi j'ai vécu ;
Les vivres empestés que ta justice extorque
Te briseront les dents ; un spectre à sa remorque
    T'enchaînera, Toi, vaincu !

Monstre d'autorité de tous les vieux régimes,
Versailles t'a commis pour servir aux victimes
     Plus de maux qu'il n'en créa,
Car voici l'aumônier et le rebut du bagne
A ton ordre ; et tu bois ton rhum et ton champagne...
     Barbare ! à quand Nouméa ?

Pas encor... Pas encor ! Dites-vous à nos fièvres,
O Jours d'ignominie et d'effroi ! de nos lèvres
     S'arrache et râle incessamment :
Pas encor... Cris d'alarme, une route sinistre
Vient-elle s'ajouter aux ordres du ministre ?
     A son rut d'asservissement ?

La Mort nous prend ainsi, nous déchire et se lasse ;
Railleuse, elle nous lance au gouffre de l'espace
     Frappés de son empreinte au flanc...
Caps et ports, continents ont fui ; l'abîme immense
Les dévore si bien que tu crains la démence,
     Sobre amour d'un cœur pantelant !

Le spleen et la torpeur comme dans un mur d'ombre
Nous ont ensevelis, nous ont rayés du nombre ;
     Le Sénégal nous a brisés ;
Gorée a disparu de nos douleurs atroces ;
Et l'Australie accourt sous les yeux des féroces
     Se disant des Civilisés !

Geôliers, tenez-nous morts durant six mille lieues,
Nos voix s'envoleront par les régions bleues.
     Malgré vos proscriptions,
Nous dirons dans quel râle on vit *Quatre-cent-treize* [b]
Mourants de faim, de soif, d'air brûlant comme braise,
     Au jour des élections !

Car il est inouï de voir les monarchistes
Boire le sang du peuple, ainsi que des papistes
     en pleine orgie attablés ;
Car l'odieux surnage ; et la torture est telle
Que l'Océan mugit sa douleur immortelle
     Dans le sein des accablés.

A NOS CHERS CONSTITUANTS

DÉCIDÉMENT TOUT PROGRESSE A RECULONS SOUS L'ORDRE MORAL

Je disais : — Flots, sabords, airain, fortes murailles,
Écroulez-vous ! Reluis, jour de nos funérailles !
Va ! ceci qu'on le sache :
                                    En mer, Torquemada
Se verrait dépassé ; sans qu'il le commandât,
Le prêtre apparaîtrait chargé d'une eau bouillante,
La chiourme à son appel viendrait, toute grouillante,
Jeter le dur biscuit sur les planchers gluants
Aux fers du prisonnier. Ah ! Chers Constituants,
Les tyrans d'autrefois vous ont cédé la place,
Et déjà vous régnez selon l'esprit d'Ignace !
Plus rien n'étant debout, vous succédez aux rois
Et mettez en pratique un tas de vieilles lois,
Comme on met des colliers, des jougs et des menottes,
Et la barre homicide ; et comme, âmes dévotes,
Le Saint-Chrême est pour vous à bout d'invention,
Vous évoquez encor Sainte-Inquisition.

Votez, votez des lois, trafiquez de nos têtes,
Jetez-nous au scorbut, aux kanaks, aux tempêtes,
Aux aiguillons fiévreux d'un sol ingrat, brûlant,
Dotez-nous d'un « *jardin* » (ᶜ) et, s'il n'est opulent,
Mentez effrontément, gens d'avocasserie !
Les Burgraves du clan de la truanderie
Paieront en millions ta voix, Fourbe enrichi,
Minotaure en ton pré grassement avachi.

Tourmenteurs, soyez francs, votre œuvre est faite en sorte
Que tous les maux du siècle et ceux d'une ère morte
S'y trouvent rassemblés ; déclarez-vous, céans,
Nos maîtres odieux sur les deux océans :
Nous vous reconnaissons pour des rois sanguinaires.
Oui ! vous remontez bien les temps originaires
Où le crime était tout, étant la force, où rien
Ne sauvait l'égorgé d'être un galérien.

Mais il est des forfaits que nulle voix humaine
Ne saurait retracer : Mazeppa dans l'Ukraine,
Latude en la Bastille et le nègre en son krâl,
Ou, galères à bord, ceux de l'ORDRE MORAL.

V

FOLIE ET MORT D'UN DÉPORTÉ

O FRANCE, AU MOINS CELUI-LA NE SUBIRA POINT
LA TORTURE CALÉDONIENNE

Voici les murs tombés. La vérité se dresse
Sur les débris humains faits de notre détresse,
Redoutable aux vainqueurs, aux cruels, d'autant plus
Qu'un affreux cataclysme a sévi. Les élus
L'entendront désormais.
     La mer s'ouvrait, béante !
Un cercueil descendait dans une onde géante,
Emportant un enfant assassiné par eux. (^d)
Les cages sanglotaient : scorbutiques, fiévreux,
Squelettes affamés, fous de soif, fous d'air libre,
Roulaient et se tordaient ; un boulet, gros calibre,
Clouait à son cachot dans la nuit des douleurs,
Un de ces torturés... délire, ô voix en pleurs !
Elle semblait s'enfuir de l'infernale tombe
Aux flots de l'Océan. Telle une pierre tombe
Et se perd dans le bruit du roulis et des vents,
Dans l'angoisse de tous arrachée aux vivants.
J'entendais — pauvre esprit perdu dans la souffrance,
Corps gisant et brisé sans lueur d'espérance, —
J'entendais sa folie. Elle disait :

       « Partons !
« O ma fille adorée, on meurt sur les pontons.
   « N'entends-tu pas chanter sur l'onde
   « Où pend ta chevelure blonde,
   « Tes printemps enfantins et gais ?

   « Ah ! que nous voilà fatigués !

« Tu ne sais plus, fille chérie,
« Quelle tendresse t'a nourrie;

« Me veux-tu méconnaître, enfant?
« Regarde! Arrache de mon flanc
« Le fer, les dures épines;
« Vois donc le sang des aubépines
« Comme il coule ! Eh ! ce sablier,
« Ta mère ne peut l'oublier,
« Comme il mesura ta belle ombre!

« Que voilà tes jours en grand nombre...

« Chère amour, les bluets cueillis
« Sont moins bleus; hélas! tu pâlis...
« La Prusse assiège ma demeure :
« Du pain ! des armes ! que je meure...
« Vite, une ombrelle, ton fichu.
« Malheur... Nous saluerons Trochu! »

Nous filions sur Dakar et la Sénégambie,
D'après le droit prêché par l'apôtre Batbie,
Par Thiers et Mac-Mahon, par Bocher, par Nemours,
Le beau Pâris, Bigot... et tant d'autres amours
D'une espèce ventrue aussi douce que brave,
L'un sur l'autre étouffant dans l'entrepont. L'entrave,
Les grains, les paquets d'eau nous souillaient nuitamment.
Oui, le crime voilé s'accroît cruellement
D'insulte et de terreur...

       O montagnes jumelles,
Un soleil d'Orient vous dorait, Deux Mamelles! (ᵉ)
Et l'on vous signalait après quinze longs jours
De mer, d'obscurité, de cages — durs séjours — ,
Après l'entassement de nos douleurs humaines
Dans un cachot infect. O trève! O lourdes chaînes!
Quand on a traversé des climats si divers,
Alors que l'on ressent, morsure des hivers,
La souffrance d'un siège et du ponton qui navre,
Une autre terre — Hélas ! ne fut-on qu'un cadavre ! —

Naissant d'un chaud soleil qui surgit au lointain,
Vient-elle à nous, rit-elle à la brise, au matin,
Qu'un regain d'espérance autant que de misère
Redouble notre fièvre. Un tel soleil altère.

La voix du torturé, donc ne me quittait pas :

  « Ma fille, ils veulent ton trépas.
  « Ils ont usé d'une arme infâme
  « Pour m'atteindre et tuer ma femme
  « Aussi folle que je suis fou ;
  « Ils ont lacéré sur son cou
  « Le fichu brillanté de soie...
  « Ma fille... une fille de joie !
  « Est-ce possible ?... dans les bras
  « Des assassins, des scélérats ?
  « Horreur... Elle ! à jamais flétrie.
  « Les monstres... Ah ! plus de patrie ;
  « Famille, honneur, plus rien... plus rien !

  « Quoi ! je suis le galérien.... ?

  « Ecoutez... Le tocsin, la cloche,
  « C'est l'ennemi ! Versaille approche ;
  « Des soldats brûlent ma maison.
  « Vont-ils détruire ma raison ?
  « Misérables ! creusez ma fosse....
  « Le bourreau m'entend ; il m'exauce ;
  « M'ouvrant la tombe il dit souvent :
  « Viens... Respire... Angoisse ! Oh ! vivant...
  « Et pas d'air, point de jour, personne !

  « Est-ce encor que le tocsin sonne ?...

Il se tait, ou plutôt, une bourrasque à bord
Rageant, couvrant sa voix, brisant un vain effort,
Nous roule en son tumulte.. Ah ! quand la mer s'apaise,
J'entends l'homme au cachot, qu'il parle ou qu'il se taise.
Quelque terrible coup a dû l'abattre ; et lui,
Se sentant assailli de ténèbres, de nuit,
D'un malheur qui l'abreuve... Oui, sa fille tuée,

Peut-être tout son sang rougit-il la nuée...
Oui, l'affront qu'il reçut venant d'un ennemi,
D'un de ces lâches cœurs dont la France a gémi,
Qui vont dans la ruine et l'opprobre... Peut-être
Pleure-t-il son enfant qu'il ne doit plus connaître.

Toujours est-il qu'un soir par un temps dur, couvert,
Par une pluie intense où le vent siffle et saute,
L'Orne, allégeant son lest, basculait à la mer
Un de ceux dont la gloire est d'avoir la voix haute ;
Le flot se refermait, houleux... funèbre seuil...
Les captifs, ses amis de souffrance et de chaîne
Ayant la mort dans l'âme, étaient navrés de deuil...

Et le maître du bord, humait, mâchait sa haine.

Vivre ainsi quatre mois entouré de mourants,
Souffrir plus que l'horrible au cri des délirants,
Par les flots et les grains poursuivi sans relâche,
Redouter son néant, ayant peur d'être lâche
A voir mugir les flots ; ah ! sans cesse et toujours,
Porter, fléau d'enfer, l'accablement des jours,
Et, rongé de vermine, être ce qui fourmille
A bord, dans le sépulcre. Effroyable famille...
Telle est l'Humanité d'après Thiers et consorts,
D'après le sanguinaire, ivre de ses trésors,
Nous couvrant d'un sursis pour sa fête olympique.

Et cette atrocité se nomme République !

VI

LA CALÉDONIE EN PERSPECTIVE

D'APRÈS LES VERSAILLAIS, C'EST UN EDEN :
IL EST DOUX D'Y MOURIR

Impudence... O Sabreurs ! O Juifs gorgés de chair !
L'*Orne* vous a servi bien des morts à la mer,
Bien des drames, hélas !... Il vous plait, Magnanimes,
D'ajourner vos festins par delà d'autres cîmes ;
Repus que vous voici, grands bourgeois apeurés,
Les puissants Océans et les ducs restaurés
Seront contents de vous, de la Calédonie ;
D'un bout du monde à l'autre on sait votre génie :
On a vu les wagons pleins d'or compté par vous
En marche pour Berlin, compris notre courroux,
Vu nos toits s'embrâser au feu de la mitraille,
Pouyer-Quertier buvant à Bismarck, qui le raille,
Thiers régnant, Mac-Mahon s'entourant de guerriers
Pour un nouveau carnage. Est-il d'autres lauriers ?
Tout notre sang gaulois n'en fait qu'un tour... Prodige !
Surprendre à vos loisirs qu'un Déporté s'afflige... ?

O gloire ! un Maroteau meure-t-il sous le bâillon,
Qui peut s'en soucier ? O joie ! un tourbillon
Détruit-il, évadés, des ingrats, des indignes,
Fort peu reconnaissants de vos tendres consignes,
Quel flot s'en souviendra ? quel peuple ? quels vengeurs ?
Drapez-vous, ô Ruraux, étant des égorgeurs,
Vous allez priant Dieu de servir votre haine.

Voyons ! Héros caducs tout parés de verveine
Dans le Château des rois, des Capets, des Louis,
Lancez-nous le mensonge en discours inouïs ;
Taillez-nous ! condamnez ! déportez ! Bonaparte
Ne vous remit en mains les traits aigus du Parthe
Que pour nous massacrer : Dès lors, fuyant Paris,
Puis soupçonnant la mer d'étouffer mal nos cris,
Vous aiguisez encor la flèche empoisonnée ;
Et le sang perle au front de la France enchaînée.

Comment nommerez-vous cette torture-là ?

Messieurs les beaux marquis, seigneurs, ducs, que voilà
D'ordre moral imbus, debout à la tribune,
Puisque vous affirmez qu'il n'en existe aucune, (¹)
Puisque l'Eden renaît à la voix des geôliers,
Puisque, pour l'Hossana, vous armez fiers voiliers,
Gros vapeurs, vieux pontons, puisque les forteresses
Sont des lieux de repos, mettez-y vos maîtresses,
Joyeux, habitez-les dans vos loisirs perdus ;
Ayez tous les bonheurs : La corde des pendus
Partagée entre vous pourrissait dans les havres,
Donnez donc l'accolade à *Cent mille Cadavres !*
Voyons, les éloquents, les vaillants discoureurs,
Pendez mieux votre langue au milieu des horreurs.

Parlez-nous d'un orage emportant nos paillottes ;
Dites la brousse en flamme ; humanisez vos flottes
Nous tuant à moitié ; soyez de francs gredins !

Et, le soir, nous battrons l'étang de vos jardins ;
Et vous aurez encor des visions célestes,
De l'encens, des houris, car vous êtes des pestes !

Et sur les vertes eaux et sur les verts tapis
Vous êtes, Messeigneurs, Décombres accroupis,
Des dieux termes tombant émiettés de leurs gaînes,
Tombant d'un moyen âge affreux et pourrissant.
Oui, dirait un docteur, des sortes de gangrènes
Qu'un fer rouge poursuit et brûle... O noble sang,
Que l'ironie est grande ! Ici même, à ma porte,
Quand la misère tue, alors qu'on nous déporte,
Le Peuple souverain sous le sabre abdiquant,
Perd sa haute valeur : Il paie ! Il songe ! Il vote !
Et, grâce au **Lourd Géant** du triomphe, un croquant,
Nous voilà des exclus enchaînés à sa **Botte !**

Adolphe GÉRARD.

Ecrit dans l'exil, en septembre 1876.

LES FOUDRES RÉVOLUTIONNAIRES

(DEUXIÈME VOLUME)*

JOURS D'EXIL : *Les Ruines*.

* SOMMAIRE DE L'ANNÉE RÉPUBLICAINE LXXXIV

(INÉDIT)

Pour Paraître successivement :

DU MÊME AUTEUR

EN VENTE

L'APOSTOLAT MODERNE

7ᵉ et nouvelle Edition ; mise en page rectifiée

DU MÊME AUTEUR

SOUS PRESSE :

L'HOROSCOPE DE LA FRANCE

A nos Seigneurs les Députés

VOULOIR C'EST POUVOIR

Disciples de Malthus, Place aux Exclus du droit à la vie...
Je le veux !

A mes Amis du Mouvement Intellectuel.

UN QUATUOR DE MALÉDICTIONS ! *(Pro Patriâ)*

Poème en cinq chants *(tiré de la voix d'un Rebelle)*

Nota. — *Tous ces Poèmes sont inédits.*

EN VENTE CHEZ L'AUTEUR

Les Odes a Garibaldi, la Sicile, Palerme 1860

L'APOSTOLAT MODERNE *(édition de luxe)*

IMPRIMERIE A. PINAUD, 18, RUE Sᵗ-SAUVEUR

9 782019 230395